KB145498

대한창작문예대학 제12기 졸업 작품집

시가
열리는
나무

시음사
시사랑음악사랑

#대한창작문예대학 제12기

▶ 대한창작문예대학 OT

▶ 졸업 작품 경연대회 (야외 수업)

▶ 문예창작지도자 자격 시험

#대한창작문예대학 제12기

▶제12기 대한창작문예대학 마치며...

대한창작문예대학 지도 교수 명단

김락호 지도 교수
–(사)창작문학예술인협의회 이사장
–대한창작문예대학 설립자
–시인, 소설가, 수필가, 평론가

성낙원 학장
–대한창작문예대학 학장
–대전예술인총연합회 회장
–전 영상정보대학교 교수
–전 우송대학교 교수

김선목 지도 교수
–대한창작문예대학 시창작과 교수
–(사)창작문학예술인협의회 이사
–시인, 시낭송가

김혜정 지도 교수
–(사)창작문학예술인협의회 부이사장
–대한창작문예대학 시창작과 교수
–시인, 시낭송가

박영애 지도 교수
–(사)창작문학예술인협의회 부이사장
–대한창작문예대학 시창작과 교수
–대한시낭송가협회 명예 회장및 지도교수
–시인, 시낭송가, MC

주응규 지도 교수
–(사)창작문학예술인협의회 부이사장
–대한창작문예대학 시창작과 교수
–시인, 수필가, 평론가

- 목차 -

시인 **김용호**

[호반 나들잇길 외 9편]

시작 노트
봄날 꽃물 드는 줄도 모르고
걷다 보니 시인의 길
몸을 낮추고 자세히 보니
작고 여린 꽃잎들이 모여
내 가슴에 파고든다

바람의 언덕 꽃을 피우듯
먼 길 회향에 돌아서서
이제야 가슴 끝자락
풍경을 달고 돌아왔구나

시골 향수가 있던 시절과
중년의 추억 담아
추억으로만 남게 된 글
돌담 사이로 불어오는 바람
내 삶이 꽃향기로 남으리라.

호반 나들잇길 / 김용호

미지의 안갯속에 머리를 묻고
흘러가는 세월의 다리 건너
진달래꽃은 피어난다

산들바람 너울에 안개 옷을 벗어
천년 노송 가지에 추억을 얹고
그리움을 되새김질하는 중년이다

산자락 적시는 푸른 강 위에
황포 돛배는 바람 따라 흘러가는데
혼자 남은 길손은 뉘랑 걸을까

스쳐 스러진 날들 속에
옛 추억을 보듬고
낯익은 얼굴 떠오를 때면
호반 나들잇길에
연분홍 그리움이 피고 있다.

동반자 / 김용호

이른 새벽 봄의 문턱은
아직 숨을 고르지 못한
힘겨운 잔기침 소리가 선잠을 깨웁니다

세파의 시달림에 가슴 졸이며
뜬눈으로 지새운 해가 잠든 밤
다급한 마음에 노모의 손을 잡고
주저 없이 병원으로 달려갑니다

겨우내 멈추었던 조급한 마음에
치유를 소망하는 간절한
몸짓이었나 봅니다

먹구름처럼 뭉친 그늘을 한 아름 걷어 내고
한낮에 떠 오른 낮달 따라 산책을 하는
어머니의 환한 얼굴이
가슴 깊이 스며듭니다.

꿈을 찾아서 / 김용호

바쁜 일을 잠시 내려놓고
유년 시절에 꿈꿔오던 배움을
망설임 없이 찾으려는 내가 기특하다

가슴으로 밀려오는 열정을
더 늦기 전에 시작하여
흘러가는 구름 위에 이 꿈을
가득히 채워 본다

솟아오르는 태양처럼
도전의 눈을 크게 뜨고
새로운 꿈의 길에서
후회 없이 맘껏 펼쳐내고 싶은 하루였다

농부의 바쁜 삶을 살아오면서
촛불처럼 촛농을 흘리듯 힘든 삶 속에
흘린 땀은 값지고 소중한 빛으로 여겨진다

내 삶의 갈 길에 꿈은 멀고도
힘들겠지만 내 땅에 과수나무처럼
나를 굳건하게 심어 놓고 싶다.

사과나무 / 김용호

세월의 갖은 비바람 맞으며
줄지어 선 사과나무에
꿈과 희망을 실은
아버지의 손길이 분주합니다

아버지의 구슬 같은 땀방울에
초록빛으로 물든 여린 새순이
망울망울 봄을 피우고 있습니다

과수나무는 꽃망울을 활짝 피우지만
쇠약해진 아버지의 모습에
가슴이 아립니다

아버지의 넉넉한 사랑으로
새벽을 열어 놓은
과수원에 봄이 왔습니다.

세월의 무상(無常) / 김용호

주인은 별이 되어 떠난 빈집
슬레이트 지붕 아래 외양간은
오랜 기다림에 지쳐있는데
밤새워 낙하한 별들의 무리가
하나둘 찾아 든다

봄날의 따뜻한 햇볕만이
적막 속 빈집에 오롯이 밝혀
담장에 개나리꽃을 피웠다

밤낮으로 웃음꽃이 피던 툇마루에
멈추어 버린 시간 속에
고요와 적막이 흐른다

많은 사람이 오가던 이 길
시간과 공간의 한계를 넘나들며
마음의 그리움이 움트는 고향
세월의 무상함이 덧없다.

강변의 아침 / 김용호

추운 터널을 지나
따뜻한 봄의 향기가
온 세상에 꽃을 피운다

잠든 세상을 깨우듯
상춘객들의 웃음소리가
강변 가로수 길에 머물 때
봄은 활짝 꽃망울을 터트리고

풍선처럼 부푼 마음이
허공을 둥 떠다닐 때
터질 것 같은 하늘은
황사로 인해 누런빛으로
물들어가고 있다

벗꽃이 활짝 핀 가로수길
마스크로 봉한 입들이
거리를 방황하고
코로나로 힘들었던
그 시절을 연상케 만든다.

아버지의 빈자리 / 김용호

하늘이 어둑할 때까지
밭에서 손을 놓지 않으시고
풀잎처럼 청초하게 사셨던 삶
힘겨웠던 육신에 마음은 한숨이었다

손길이 가득했던 과수원에
세월의 흐름으로 인해 고단함으로
아버지 얼굴처럼 주름이 가득하다

사랑과 지혜를 주시기 위해
흘린 땀과 눈물의 흔적은
쓸쓸한 비애의 닻을 내리면서
아련한 그리움으로 사각거린다

어느 날 모든 것을 내려놓으시고
병원에 의지해야 될 여린 마음
남은 삶의 시간을 보내는 모습에
가슴만 메인다.

아카시아꽃 / 김용호

푸른 산자락 잊고 살았던 고갯길
귓가에 들려오는 은은한 바람 소리 스치며
먼발치에서 여린 나뭇가지 찰랑거린다

지금도 변함없는 순수한 모습으로
하얀 꽃 물결들이 가슴에 스며들고
바람에 실려 밀려오는 향기로 펼쳐진다

신비의 숲처럼 잎새에 쌓여있는 아카시아꽃
곤한 일상에 달콤한 향기로
내 뭉친 속을 단숨에 풀어준다.

내가 그대를 부르지 않아도
자연의 품속에 가득 채워진 향기는
내 가슴속에서 사르르 녹아내린다.

밀사리 / 김용호

넓은 밭고랑 사이로
할아버지 수염처럼 넘실대는 들녘
영글어 가는 밀밭 살포시 고개 숙인다

봉곳이 통통해진 밀 꼬투리
허기진 배를 채우기 위해
황금색 물결 밭으로 들어가
한 움큼씩을 뽑았다

불 피워놓고 너나없이 빙 둘러앉아
하얀 이빨과 까맣게 변한 얼굴 바라보며
깔깔대던 유년 시절

살아온 세월의 흔적 속에
덜 익은 곡식으로 배고픔을 달래던 기억은
뿌연 연기처럼 새록새록 피어난다.

눈 맞춤 / 김용호

자연과 더불어
초록빛에 빛나는 네 모습
오가는 사람들 눈 맞춤하며
수많은 시로 마음을 웃고 울린다.

시인 **박춘숙**

[여행 외 9편]

시작 노트
시인은 노란 민들레
정결치 않는 마음 일구어
꽃 시를 피우고
생명의 홑시 날리어
시련으로 척박해진 마음
외로워 시린 마음에
홑시 떨어트려 희망을 피운다
이런 시인이 되고 싶습니다.

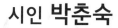

여행 / 박춘숙

완행열차는 꾸무럭거리며
끝없는 광야를 향해 기어가고
초원 저편 풀을 뜯는 양 떼 사이로
목동이 들꽃 언덕에서 피리를 분다

들려오는 나지막한 목소리와
정겨이 팔랑이는 부채 사이로
세월은 제각기 무심히 흘러도
삶의 향기가 피어난다

덜커덩거리며 흔들리던 기차는
감빛 노을이 물드는 들녘을 지나
희미한 가로등이 한둘 켜진
어느 산골 마을에 잠시 멈춘다

조금씩 흐트러져 가는 발걸음
노곤함 속에 반쯤 잠긴 눈동자
생소하고 낯선 풍광과 설렘을
빈 여백에 차곡차곡 채우고 있다.

엄마의 마음엔 엄마가 없습니다 / 박춘숙

기억의 문이 서서히 닫히고 있는
울 엄마
나 괜찮다, 건강하다 하시며
보란 듯이 지난날을
주저리주저리 나열하십니다

너희만 건강하면 돼
네가 지금 옆에 있어 난 행복하구나
지그시 바라보시는 눈가엔 눈물이
글썽거리십니다

엄마의 세월 강물엔
우리와 함께했던 수많은 추억이
은빛 윤슬처럼 빛나는가 봅니다

한평생 자식을 위해 사신 어머니
삶의 거센 비바람을 대신 막아 주시느라
엄마는 많이 쇠하셨습니다

엄마의 마음엔 엄마가 없습니다
기억이 사라져 가는 순간에도
오로지 자식 생각뿐입니다.

갈매기의 꿈 / 박춘숙

나는 검푸른 바다가 두려운 갈매기
거센 파도를 타고
바다를 향해 날아오르고 싶지만
해변 후미진 곳에서 망설이며
고독한 꿈을 꾸고 있을 뿐

바다는 은빛 낙조를 띄우고 찰랑이며
주저주저하는 나를 어서 오라 부르면
한없이 작아졌던 마음은
바닷빛 담은 영롱한 눈이 되어
흰 파도를 가른다

그래, 용기를 내자
부서지는 파도에 몸을 맡기고
삶의 험난한 바다로 나가자
미지의 세상을 향하여
더 높이 더 넓이 더 멀리 날아보자.

황사 / 박춘숙

외로운 사막이 너의 고향이더냐
수만 리 넘느라 지친 걸음이지만
어쩌면 좋으냐
해 맑지 않은 네가 달갑지 않구나

너는 입맞춤과 포옹을 하며
오래 머물고 싶겠지
내게 손님은 천사와 같으나
초대하고 싶지 않은 객이구나

바람도 바람 나름이지
요즈음 유행 타는 꽃바람이 좀 좋으냐
이다음에 나를 다시 찾아오려거든
꽃향기만 싣고 오려무나.

안개 도시 / 박춘숙

강가를 따라 달리던 기차가
마지막 산굽이를 넘으면
호수에 일렁이는 안갯속에서
구슬픈 물새 소리 들려오던 곳

내 청춘의 사랑이 희미해져
그 옛날 추억만이 잠겨져 있는
안개 자욱한 그곳

밤안개 짙게 내린 날은
일렁이는 도시의 불빛 속에서
거리를 방황하다
돌담집 다방에서 팝송을 듣던 곳

희망의 손짓을 좇아
수만 리 날아다니다
아직도 돌아가지 못하고 있는
그리운 마음의 보금자리.

봄날의 향수 / 박춘숙

머나먼 이국 타향살이
봄꽃 피는 4월이면
진한 향수에 젖었다

중앙아시아 높은 산이나
드넓은 광야에서는 볼 수 없어
더 그리웠던 내 조국의 꽃

푸른 소양강이 끼고 도는 나지막한 산
어디서나 수줍은 듯 피어나는
연분홍 진달래꽃

노란 저고리 분홍 치맛자락
봄바람에 살랑이면
수줍음에 살짝 고개 숙이던
고운 새색시 닮은 꽃

동무들과 함께 놀던 내 고향 뒷산에
소담하게 피었던
진달래꽃 그리며 울었다.

엄마의 사랑 시계 / 박춘숙

쉼 없이 움직이는 시계처럼
허리가 휘어지도록 일하시는
엄마의 두 다리는
새 다리처럼 앙상하시다

수많은 사연을 마음에 담고
몰래 흘리신 눈물로
파도 같은 주름이 져도
나를 위해서는
뒷걸음을 치지 않으신다

세월이 강물처럼 흐르고
계절은 수없이 바뀌건만
엄마 마음은 늘 내 곁에서 돈다
엄마는 멈추지 않는 사랑의 시계다.

동행 / 박춘숙

당신을 만나기 전
자유롭고 사방 모난 돌이었던 나는
어디로 튈지 몰랐습니다

세상 제일 천사표 당신은
인내하고 기다리면서
나와 평생을 함께했습니다

나는 조금씩 깎이고 깎여
동글 동글 몽돌이 되어 갔고
전심으로 안았던 당신은
주름지고 흰머리 날리고 있습니다

힘들었던 당신을 위해
나는 무엇을 할 수 있을까요
따뜻한 마음으로 시린 손 잡아주며
사랑으로 동행하겠습니다.

손님 / 박춘숙

긴 겨울을 지나
지친 보따리를 안고
바람처럼 찾아왔다

밤을 지새우며
사연을 풀어내느라
등불 환하게 지폈다

고된 삶의 이야기에
서로의 창이 열리면서
추억이 차곡히 쌓이고

잠시 쉬어 가는 쉼터
그곳엔 봄날 같은 따스함이
머물러 있다.

맨발의 행복 / 박춘숙

신발을 들고 맨발로 나서면
두려움이 앞서지만
한 걸음씩 천천히 걸어서
들길로 나갑니다

코스모스 길 저편
땀 흘려 일하는 노인을 보며
널따란 밭에 심은 모종
한 포기의 시작을 묵상합니다

남빛 하늘을 바라보고
고운 새 소리를 들으며
들꽃 향기 가득한 길에서
세상의 주인공은 나입니다

드디어 바다에 왔습니다
소라 껍데기를 줍고
파도에 발을 담그며
맨발로 나선 행복을 느낍니다.

시인 **박미옥**

[커피 한 잔 외 9편]

시작 노트
문예대 12기 동인지 출간을 축하드립니다.
짧은 시간이지만 함께 할 수 있어서 무척
행복했습니다.

커피 한 잔 / 박미옥

나른한 오후
강아지는 배를 쭉 깔고 누웠다

커피 한 잔 타서 강아지 옆에 앉았다
세상 근심 걱정 다 녹여
잘 맞춰진 한잔의 커피가
스르륵 온몸을 녹인다

아니
영혼까지 들먹인다

늦은 밤
유난히 잠이 안 온다
이리 뒤척 저리 뒤척
오후 커피 한잔이
사뭇 괴롭히는 밤이다.

이면지 / 박미옥

가난하던 어린 시절
공책 겉표지와 위아래 여백도
줄을 그어 쓰게 지도하신 선생님

풍족한 세상에
아끼는 것이 흉이 되고
절약하는 것이 초라해 보여도
이면지 하나 쉽게 버리지 않는
습관이 지금도 살아있다

책상 위에 하얀 이면지가
가슴 아프게 쳐다본다

괜스레 미안해
작은 끄적거림으로 마음을 달래준다.

사과 / 박미옥

굵게 깎아서 버리는 사과 껍질이
아까우신지 질겅질겅 씹으시며
어머니는 연거푸 잔소리하셨다.

해마다 제삿날이 되면
탐스러운 사과들이 상자 안에서
서로 눈치들을 보고 있다

자식들에게 좋은 것만 먹이려던
버릇이 아직도 남았는지
지그시 바라만 보시는 어머니께
이제는 가장 좋은 과일만 골라 드린다.

내 이름 석 자 / 박미옥

아내라는 이름으로
엄마라는 이름으로
살아온 긴 세월

동사무소에 묻힌
내 이름

한편의 시를 쓸 때마다
살포시 내 옆에 와서 앉는
내 이름 참 어여쁘다.

마음의 선물 / 박미옥

노랑 장미 화분을 구해
엄마 드리니
장미꽃이
해마다 미소 가득
엄마를 기쁘게 해 준다

네가 딸보다 낫구나!

작은 행복 / 박미옥

재개발 공사장
담벼락 아래
회색 시멘트 틈새에
민들레 가족 한 살림 차렸다

보잘것없이 누추하지만
옹기종기 모여 앉아
지나가는 눈길에
소박한 사랑을 듬뿍 나누어 준다.

그대 생각 / 박미옥

진달래꽃 필 무렵
그대는 홀연히 떠났다

봄이 오면 봄바람 타고
진달래꽃 향기 한 아름
가슴에 안고
그대는 다시 피었다

그대가 떠나간
빈자리 채워 주려
봄마다 피어나는 진달래꽃

그립다는 말 대신
애꿎은 꽃잎 하나 따다
가슴에 꽂아 본다.

아버지 사랑 / 박미옥

우리들 곁을 서둘러 떠나신 아버지는
천국 가시는 길이 바쁘셨나 보다

손 닿은 곳에 머무는 듯하지만
손 뻗치면 허공으로 사라지는
아득한 모습에 눈물이 흐른다

냉장고 속에는
손수 가꾸어 거두신
콩 마늘 고춧가루가
아버지의 마음같이
소담하게 담겨있다

아버지의 흔적들이 곳곳에 남아
내 가슴을 흥건히 적시며
아버지의 빈자리가 익숙하지 않은
나날이 눈물에 가려 아른거린다.

자명종 / 박미옥

긴 긴 밤을 지새우고
살포시 다가와
깊은 잠을 깨우는 그대

아침마다 투덜거려도
늘 가까이서 바라보며
막내딸 투정처럼 받아준다

세월이 지나도 등교를 재촉하는
정겨운 엄마의 숨결 같은 그대는
내 삶의 일부가 되었다.

세월의 뒤안길 / 박미옥

한결같이
출근 준비로 바쁜 남편을 바라보니
어깨는 기울고 허리는 굽었다

가장이라는 자리가
버거웠나 보다
괜스레 미안했다

화려하지 못한
세월 속에 핀 한 송이 꽃
그 그늘에서 무심히 지나버린 세월
가슴이 먹먹하다

살며시 옷매무새를 가다듬어 주었더니
활짝 웃어준다.

시인 배정숙

[특명 나의 도전기 외 9편]

시작 노트
갈맷빛 바다에
 종이배 띄우고
 수평선을 바라다본다

파도는 쉼 없이
 이 순간도 철썩철썩
 희망의 노래를 부른다.

특명 나의 도전기 / 배정숙

주사위는 던져졌다
평소 하던 대로 하면 될 텐데
돗자리 깔아 놓으니 가슴이 뛰고
얼굴이 빨강 방울토마토인 양
붉어지고 울렁증이 도졌다

한 그루 방울토마토 열리고
익어가기까지
수많은 밤 헤아릴 수 없는 햇살
고된 농부의 발걸음 소리에 자라며
토마토는 그렇게 익어 갔다

새로운 도전을 앞두고
두려움의 다리를 두 주먹 불끈 쥐고
냅다 뛰었다

이제부터 내딛는 걸음마다
가슴속의 미소가 용솟음 되어
솟아오르길 희망한다.

아름다운 동행 / 배정숙

알록달록 수많은 사람 중
어쩌다 당신을 만나
갈대처럼 서걱거리며
흔들리지 않은 날 없이 살아왔습니다

건강도 경제도 사랑마저도
바람 잘 날 없는 세월
알콩달콩 부대끼며 지나온 시간은
햇살보다 바람이 먼저와
근심 걱정 동산을 이루었습니다

이러쿵저러쿵하면서도 큰아들 낳은 날
당신은 영화의 주연 되어
천하를 거머쥔 기쁨으로 동네잔치를 열었습니다

어느새 아이가 자라
아빠보다 더 큰 키가 되어
부자가 걷던 길 우리 부부 걷노라면
저녁노을이 곱게 물들어 갑니다

걸어온 길보다 걸어갈 길 코앞이지만
가려울 때 등 긁어주며
하늘이 부르는 그날까지
구순하게 미소로 걸어갑니다.

진달래꽃 / 배정숙

해마다 4월이면
수줍은 새악시 닮은 진달래꽃이
방긋방긋 반겨주는
앞산에 오른다

추운 겨울 당차게 이겨내고
곱게 핀 널 보면
내 가슴이 두근거린다

분홍 옷 곱게 차려입고
마중 나온 넌
어릴 적 울 할매를 닮았다

할매가 그리울 때면
설레임 가득 안고
연분홍 진달래가 반겨주는
앞산에 오른다.

점령군 / 배정숙

봄바람은 어김없이 불어
새 생명이 옹알이하더니
첫걸음마를 뗍니다

햇살은 바람을 흔들어
목련이 필 무렵이면
초대하지 않은
길손이 어김없이 찾아옵니다

바람 타고 일시에 찾아 들어
반겨주는 이 없는 곳곳을
점령군 행세를 합니다

불청객이 다시는 침범하지 못하도록
세상을 푸르게 하는데
온 인류가 힘을 모아
향긋한 봄을 희망합니다.

오월 장미 / 배정숙

초록 물결 위에
그대 향한 사랑 빛
새빨갛게 피운다

그대 향해 꺼지질 않은
영원한 사랑 빛
오월을 밝힌다.

때 / 배정숙

공연스레 걱정하지 말라
근심은 눈덩이처럼 커지는 것
쓸어내어라

지레짐작으로 두려워하지 말라
때가 되면 어김없이
꽃은 피더라

온실 속 화초도 야생화도
아픔 없이 흔들리지 않고
피는 꽃 없더라

산에 산에 피는 꽃도
들에 들에 피는 꽃도
때 되면 으레
꽃을 피우더라

궂은 날 지나면
갠 날이 오듯이
인간 만사 돌고 돌더라.

올챙이의 꿈 / 배정숙

따스한 웅덩이 뛰쳐나와
물고랑 여기저기 새로운 세상
신이 난 올챙이 초록 물결 위
푸른 꿈을 펼친다

오롯이 고향 떠난 여정
물의 향이 달콤 쌉싸름 컥컥
넘어지고 부딪힌 좌충우돌
풀잔디 대신 불편한 시멘트

봄볕 찰랑대는 호수 위 앉아서
더 멀리 더 높이 미지의 그곳
더 안전한 더 행복한 미래
제2의 나를 찾아가는 꿈에 서성인다.

빈 의자 / 배정숙

푸르른 하늘 초록의 산은
날 오라 손짓하고

화려하고 매력적인 향기
그윽한 아카시아 향이 밴 빈 의자
향기도 잊은 채 헐떡이며 숨을 고른다

다람쥐 쳇바퀴처럼 돌아가는 하루
이젠 그만 뛰지 말고 쉬어가라고
세상 밖을 좀 보라고
봄 향기로 채찍 전한다.

그때 그 시절 / 배정숙

콩 한 쪽을 나눠도
삼대가 알콩달콩 구순하다

밥상에 시래깃국
밥 한 공기는
최고의 만찬 행복이었다

곳간은 비워도
마당엔 해당화꽃만큼
웃음소리 아리땁다

물질의 풍요 속에도
갈맷빛 온기 가득했던
그때 그 시절이 그립다.

나의 잔소리꾼 / 배정숙

내 안에는 또 다른 내가 있다
늘 착하고 아름답게 살라하고
내 가족 대하듯 웃는 낯빛으로
세상 모든 이들을 맞으라 한다

과하면 탈이 난다고 소식(小食)을 권하고
경제적 안정과 건강을 지키며
사회에 필요한 사람이 되라고도 한다

언제 어디서든 기죽지 말고
자신감을 가지고 당당하게
세상과 눈높이 맞추며 살라 하는
내 안에 있는 소중한 또 다른 나

내 안에 있는 나는 말이 많고
누구도 막을 수 없는 잔소리꾼이다
매일 티격태격 옥신각신하지만
오늘도 한아름 사랑으로 나를 채운다.

시인 서석노

[오래된 벽시계 외 9편]

시작 노트
소싯적 시의 관심은 많은 시간이 흐른 뒤 다시 시작되었다.

나름대로 감성이 끌리는 시상이 떠오르면 시를 쓰고 모은 시로 첫 시집을 발간하면서 시인의 길을 걷기 시작했다.

새로운 인연으로 문예 대학에서 詩에 대한 이해와 논리를 교육과정을 통해 그동안 써온 시에 대한 시각이 달라졌다.

시를 바라보는 눈이 밝아지고 새로운 詩作의 의욕이 솟는다.

오래된 벽시계 / 서석노

오래전부터 고향집 안방 벽
떠난 분들이 남긴 빛바랜 시계
빈방 홀로 지킨다

식구들 귀가 시간을 기다릴 때나
마실 간 바깥양반 돌아오지 않을 때도
객지 나간 자식 기다릴 때도
괘종시계 바라보며 기다리던 어머니

긴 세월 지나 빈방에 홀로 앉아
세월을 앗은 벽시계 바라보니
먼저 떠난 그리운 분들 흔적이 서리고
벽시계는 무심히 제 갈 길 가고 있다

죽마고우 / 서석노

흙 내음 풍기는 좁은 골목길 지나
밭 자락 따라 보리 익는 들판에서
웃고 울며 뛰놀던 아이들

부푼 꿈과 갈등도 부대끼며
긴 밤 함께 불사른 청춘
선의의 경쟁 속에 우정의 꽃 피우고
각자의 길 향해 달리며
서로의 거울이 되어 주었지

초로의 모습으로 마주 앉아
걸어온 긴 인생 여정 돌아보니
긴 듯 짧은 굴곡진 인생길
남은 길 변함없이 나란히 가세나

그리운 사람 / 서석노

나른한 오후 방과 종소리 바쁘게
동네 골목길 어지럽게 놀다가
해 질 녘 서둘러 앞마당 들어선다

지붕 위로 저녁연기 피어오르고
멍멍이 꼬리 치며 반기고
웃음기 머금은 엄마 얼굴
저녁상 된장찌개에 봄 내음 묻어난다

빛바랜 기와지붕에 뭉게구름 걸쳐
담장 아래 살구꽃 봄바람에 날리고
봄 소풍 나온 참새 떼 재잘재잘 대며
주인 떠난 자리에 봄이 기다린다

그 시절 추억에 먹먹한 가슴 달래며
그리운 사람들 떠올린다.

삶의 그림자 / 서석노

책꽂이 한 귀퉁이 꽂혀 있는
빛바랜 일기장들

달콤쌉쌀한 첫사랑의 추억과
고뇌하던 청춘의 열정도
무거운 짐 추스르며 부대낀 지나온 삶과
아이들의 성장 과정의 희비도
부모님과 아픈 이별의 순간 떠오른다

긴 듯 짧은 듯 걸어온 인생 뒤안길
온갖 사연 담긴 일기장 들여다보니
헛헛한 인생 뒤안길 회상에
주름진 눈가에 이슬 맺히고
애잔한 미소 지으며 삶의 흔적 돌아본다.

뒷마당의 봄 / 서석노

큰 마루 뒤창 밀면
살구꽃이 화사하게 웃고 있고
돌담에 걸친 개나리 춤추는
그윽하고 아늑한 뒤꼍이 보인다

병아리 떼 아장아장 소풍 나오고
복슬강아지 꽃비 속에 깡충깡충
봄 향기 따라 손님 가득한 뒷마당
화전 부치는 엄마의 등에는
하늘하늘 아지랑이 피어오른다

어느덧 북적대던 시절은
세월의 뒤안길로 사라지고
늙은 살구나무만이 꽃잎 떨구며
홀로 봄날의 뒷마당을 지키고 있다.

참나무 / 서석노

늦은 가을 비탈 언덕에
도토리 한 개 낙엽 속에 숨어
긴 겨울 버티며 봄비에 싹 틔운다

돌밭 헤집어 뿌리 내리고
한여름 가마솥더위와
비바람 혹한 견디며
넓고 깊은 뿌리 뻗어왔다

대자연에 순응하고 부딪히며
튼실하고 눈비 가리는 지붕 만들어
꿋꿋이 언덕 지키는
석양의 굽은 참나무

아버지의 라디오 / 서석노

지직대며 잡음 섞인 뉴스와 음악 소리
단잠 깨우는 라디오 소리와 함께
아버지의 하루가 시작되는 새벽

울타리 지키는 땀과 고뇌의 일상
하루 끝 피로에 지친 육신 뉘면
나지막이 라디오와 코 고는 소리

간절했던 바람 뒤로하고
급히도 먼 길 떠나버리신 아버지
그리움에 울컥 눈시울 붉히며
오래된 라디오 어루만진다.

인생 도화지 / 서석노

쉼 없이 그리고 색칠하던 수채화
곱거나 소박해도 흠집이 많다

화사하게 그린 아름다운 색상과
비 오는 날 번진 얼룩에서
인생의 자취가 스쳐 간다

오후 햇살 길어진 그림자 돌아보고
아직도 덜 채워진 빈자리에
이정표 묻는 인생 도화지 바라본다.

마음의 빈곤 / 서석노

어린 시절 알사탕 한 개나
공책 한 권을 얻어도
세상을 다 가진 듯 행복했다.

하나를 얻으면 바랄 게 없으련만
둘을 넘보고
셋을 바란다.

욕심에 허기진 인간은
풍선처럼 늘어나는 작은 그릇에
담기만을 갈구한다.

작은 행복에 감사를 모르는
욕심의 바다에
마음의 빈곤이 일렁인다.

막걸리 / 서석노

구슬땀 씻겨주는 청량한 막걸리
친구와 우정을 돋우는 징검다리
정담을 나누는 한 사발

외롭고 슬프고 홧김에 들이키고
풍미도 흥도 없이 취해서
이성은 도망가고 감정 홀로 춤추는
고독과 괴리를 부추긴 독약

막걸리는 그냥 막걸리일 뿐인데
숙취에는 보고 싶지 않다가도
해 질 무렵이면 그리워지는
막걸리의 두 얼굴.

시인 **신진기**

[문우들 만나러 가는 길 외 9편]

시작 노트

비 갠 후, 청명한 하늘이 총총거리는 까치와 함께 나의 디딤발을 쫓아옵니다. 설레는 맘으로 시작한 문예대학, 이제 상반기 여정을 다하여 마침내 10편의 완성작을 선보일 수 있게 되었습니다. 같이 고생하신 교수님과 문우님들께 감사의 인사를 전합니다. 수고하셨습니다.

문우들 만나러 가는 길 / 신진기

희끗한 하늘 아래
봄 햇살이 차창으로
넌지시 들어오네요

만나면 무슨 말을 할까요
피곤한 눈은
제발 못 본 척해주셔요

바쁜 척 피곤한 척했던 날들 때문에
어지러운 머릿속은
내 마음도 모르고
제멋대로 텅 비어 가네요

좋은 사람들 만나러 가는 길
하얘지는 머릿속이라도
저에겐 그것만으로도 행복한 힐링이지요

황금빛 아스팔트 / 신진기

하얀 벽지 텅 빈 집에서
첫 숨, 내쉬어 봅니다

하얗게 태어난 화물차
홀로 반짝이는 석양에 물들어 갑니다

억수같이 내리는 비구름 아래
자욱한 안개 가득한 터널일지라도
연고도 잊고 달리고 있습니다

다만 수취인 있음을 알기에
고요한 전야 노을 진 아스팔트
기사는 앞에 놓인 길을 달립니다

비슬산 참꽃 / 신진기

매년 봄이 오는 즈음엔
달구벌 비슬산에
새색시 마냥 발그레한 참꽃이 가득합니다

온 산에 흐드러지게 핀 핑크빛 꽃은
꽃놀이 나온 아낙들처럼
봄 햇살에 아지랑이 피우며
설레는 계절이 왔다고 아우성입니다

소풍 나온 꽃들과 함께
나른한 봄볕에
눈 녹듯 설레는 바람 맞아
발그레한 눈웃음이 새초롬해집니다

잔칫날 고향에 가면 / 신진기

금계산 소바위 이팝나무 드리워진
구부정한 달구짓길 따라
덜그덕거리는 경운기 타고 시골집에 가면

능선에 해가 걸릴 때까지 놀다가
날아드는 밥 짓는 향에
배가 꼬륵 대면 엄마! 하고 달려가구요

소고기뭇국에 밥 한 그릇 뚝딱 비운 후
어둑해진 밤 풍경에
커다란 달빛과 백열등 불빛이 교차되면

주황색 마당에 그림자 길게 늘어지고
우리는 서로 밟겠다고
다 함께 그림자밟기 여념 없지요

황호(黃虎) / 신진기

아지랑이 필 무렵
대륙 저쪽에서부터
푸석한 갈기 휘날리며
반갑잖은 길손 옵니다

부옇게 먼지 모래 쓸어 담아
하늘을 찢을 듯 부르짖어댑니다

불청객 휩쓸고 간 자리
노랗게 발자국이 남아
세상을 어지럽힙니다

우리 모두 합심해
저 거대한 누렁이를 몰아내
초록의 세상을 되찾읍시다

바람 / 신진기

두 볼에 살그래 흐르는
질감을 느끼듯
머릿결이 날린다

실타래처럼 엉킨 사연
이내 바람에 흘리려
손빗으로 곱게 빗질한다

누워서 나 보기 / 신진기

다소곳이 바로 누워
눈 감은 채
눈꺼풀을 쳐다본다

검붉게 몽환적인 시야엔
빛의 그림자가 몽글거린다

눈을 뜨면
천장에 눈부신 벽지가
바람 맞으러 가자고
나를 일으킨다

못 이긴 척
미소를 감추고 따라나서니
주머니 속 사연 하나
바람 속에 흘려보낸다

고무나무 / 신진기

아파트 베란다에
고무나무 한 그루
아름드리 늘어져 있다

접시 물에 담긴
토막에 지나지 않던 것이
랜드마크 되었다

껍데기 주름이 져
세월이 여실히 드러나지만
키 작은 아이 굽어보던 고무나무 잔상에
가슴이 웅장해진다

공명 / 신진기

마음 한가운데
공간이 드러나는 청아한 소리
중심에서 울려 퍼진다

움직이는 마음 / 신진기

이른 아침 머릿결 휘날리며
바람을 담으려다 생각난 듯
전자렌지에 볶음밥을 데운다
입안에서 흩어지는 밥알들이
모래알처럼 질그럭 댄다

갑갑한 마음에 옥상에 올랐지만
시원하게 부는 바람에
뒤집히는 모래시계가 발 아래서
이에 낀 밥풀처럼 걸리적거린다

저 멀리 떠오르는 해처럼
꽃잎에 이슬방울 맺히면 좋으련만
어디에도 둘 곳 없는 발이
바닥만 툭툭 찬다

시인 신진철

[오월 풍경 외 9편]

시작 노트
삶의 전환기에 들어서서 남은 삶의 철학은 어떠해야 하는가,
또 누구와 더불어 살아야 하는가 걱정됩니다.
　남은 수십 년을 줏대 있게 살려면 지금 방향을 제대로 잡고, 그 지향점으로 열심히 읽고 쓰며 살겠습니다.

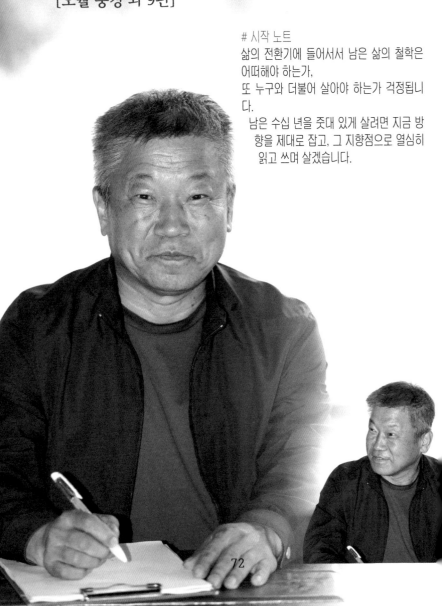

오월 풍경 / 신진철

이렇게 더운데 밭 가느라고
쟁기를 끌고 헉헉대는 황소
하고많은 날 놔두고는
더운 날 이 무슨 고생이냐고

아주 좋은 봄날이라고
활짝 웃는 노란 장미는
일 년 사계절 내내
오월만 같았으면 좋겠다지만

봄만 한 여름이 어디 있고
가을만 한 겨울이 어디 있을까
겨울의 추위로 봄이 빛나고
여름의 더위로 가을이 풍성한 걸

며칠 전 갈아놓은 텃밭을
어느새 가득 채우고 오르는 잔풀들

하긴
잔풀들 이렇게 잘 자라는 거 보면
이 밭엔 뭘 심어도 잘 자랄 거야

고르게 살기 / 신진철

누구는 그때가 좋았다지만
사실은 끔찍했던 날들이지

버짐 먹은 애들과
힘이 없어 누워 지내는 노인들
오죽하면 시집가기 전까지
쌀 한 말도 못 먹었다는 동네도 있을까
또 고려장 얘기까지 나올까

가난해도 인심 좋다는 말은
모두 다 빈말에 지나지 않아
내 새끼 먹일 게 없는데
무슨 놈의 인심타령

이젠 보릿고개는 없지 않느냐지만
글쎄다
좀 유식한 말로
가난은 상대적이라잖아

여전히 빈곤은 도사리고 숨어서
그 칼날 번득이며 찔러대는데
없는 자 무리에 속해 봐
그런 말이 나오는지

아직도 들개처럼 내 곁을
혹은 누구의 뒤를 늘 따라다니며
수시로 발뒤꿈치를 찌르고 물어대는
이놈, 이놈아

지겟길* / 신진철

논둑 밭둑 꼬부랑길을
삶의 지게 지고 가시는 아부지
아들 잘 따라오나 돌아보시고
씨익 웃으시며 다시 가신다

힘겨운 숨 가쁘게 쉬시며
허리께** 밭으로 가는 길
그때 지게에 얹혔던 게
어디 거름 한 지게뿐이랴

온 식구들의 가난과 밥그릇
꿈과 희망과 사랑까지
무게 버거운 삶의 지게에
통째로 짊어지고 가셨지

아부지 외롭게 가셨던 험한 길 따라
세월이 지나 이제는 내가 가고 있는 길
나 또한 근심과 한숨 모두 짊어지고
마른 길 진 길을 걷고 있다

어느덧 나도 성성한 백발 되어
내 삶도 이미 살얼음 낀 초겨울
언제쯤 멈출지 모르는 길이지만
어깨에 괭이 한 자루 동무 삼아 가는 길

* 지게로만 겨우 지날 수 있는 좁은 길, 경북지방의 방언
** 경기도 구리시에 있는 지명

한 삶 / 신진철

내 삶의 봄날은 늘 모자랐지
남아있는 찬바람은 넘쳤지만
가난했으니 추웠고 배고플 수밖에

내 청춘의 여름날 또한 버거웠지
더위와 힘겨운 노동의 나날들에 덧씌워진
가을 바라기의 덧없음이 있었을 뿐

한 삶의 봄 여름 지나고 가을 되고 보니
애쓴 봄과 여름의 내 땀과 피는
남의 것인 걸 나만 몰랐던 거야

다 빼앗기고 겨울의 문턱에 서서
다가올 추위와 주림을 어찌할까
동지섣달 기나긴 밤 따스할 수 있을는지...

먼 데서 오신 손님 / 신진철

황량한 사막에서 떠돌다가
바람 따라 동으로 남으로 날아
이 먼 곳 금수강산까지 찾아온 손님

멀리서 왔으니 반겨야겠지만
정말이지 밉살스러운 너는
빈말이라도 반길 수 없는 불청객

예전에는 봄에만 오더니
이제는 시도 때도 없이 찾아와
나를 괴롭히는 불청객

나이를 먹을수록 심해지는 봄 기침
올해도 어김없이 찾아왔으나
너는 내게 보고 싶지 않은 손님

그때 그곳에는 / 신진철

그곳에는 사람들이 살고 있었지
같이 아파하고 같이 기뻐할 줄 아는
사람다운 사람들이 살고 있었어

모두 가난했지만
맛난 음식 나누지 않고는 목이 메었고
아픔도 기쁨도 함께하는 사람들이었단다

그 동네에서는 내 어린 시절 동무들이 놀았어
지금은 더러 세상을 뜨기도 하고
또 더러는 연락도 끊겼지만
단지 이름만 떠올려도
슬며시 웃음이 나오는 동무들 말이야

그런데 이제 그 동네는 없어졌어
그 빛나던 산천과 사람들은
모두 자본의 뱃속으로 삼켜져 버렸고
이젠 다만 내 기억 속에서만 남았을 뿐

전설이 되어버린 그 동네에서는
이제 봄이 되어도
복숭아꽃 살구꽃 아기 진달래는
피지 않게 되고 말았단다

남긴 것 / 신진철

밭에 쌓였던 겨울눈은
달롱 나생이를 남기고

가지를 스친 겨울바람은
노란 개나리꽃을 남기며

그대 머물렀던 자리엔

동백꽃보다 더 붉은 마음
매화향보다 더 짙은 숨결

아게산 진달래 / 신진철

그대는 남녘 어디쯤 왔으려나
저 산 너머에는 와 있을까
벌써 양지 녘 쑥은 싹을 틔우고
마당가 조팝나무는 꽃눈이 자글자글

그대를 닮은 첫사랑 그리워하며
올봄도 그대를 기다리는데
오늘 오려나 내일 오려나
꽃샘바람이 잦아야 오려나

만남의 기쁨에 얼굴 붉게 물들이고
이별의 눈물에는 가슴 저리지만
그러면서도 아이들 웃음 같은
그 분홍빛 바다를 기다리는 새벽

오늘내일 또 비 소식 있던데
이 비 가고 나야 오려는지
아니면 벌써 산 그늘에 와서는
고개 숙이고 숨어있는 건 아닌지...

* 아게산은 제 모교인 인창초등학교 교가에 나오는 산입니다.

길벗 / 신진철

초바늘이 육십 바퀴 돌 때
분바늘은 한 바퀴만 돈다고
불공평하다 하지 않고
시바늘이 한 바퀴 돌 때
초바늘은 칠백이십 바퀴나 돈다고
또한 그를 업신여기지 않는다

어떤 날은 도는 게 늦다고
빨리 돌자고 재촉하지 않고
또 어떤 날에는 앞서갔다고
조금 느긋하게 가자고도 않는다

부지런히 일초를 걷고 걸어
정확하게 한 시간을 지켜내는 그대

해야 할 것과 지켜야 할 것을
제대로 알게 해주며
좋은 가르침과 실천으로
인생의 흐름을 보여주고 가르쳐 주는
그대는 내 삶의 길벗이며 참 스승이다

봄날 들판 / 신진철

따스한 봄날 나부데한 잎사귀 뒤편
어디선가 날아온 나비 알을 낳으니
알은 곧 깨어 애벌레가 되고는
연한 잎을 아삭아삭 갉아 먹더라

웃자란 장다리 줄기에 활짝 핀 노란 꽃잎에
조그맣던 벌레들 허물 벗고
흰나비 되어 짙은 애무의 입맞춤을 한다

네가 배고플 때는 내 몸 먹이고
내가 외로울 때는 네가 위로하며
동고동락 대를 이어 살아가는 그 이름을
나는 배추와 배추흰나비라 부른다

시인 **염경희**

[가면 외 9편]

시작 노트

배움이란 나를 살게 하는 씨앗이다.
두 번째 문예 대학 과정을 마치면서 1%의
성장이 있었다면 성공한 것이다.

짧은 시 한 자락이 희망의 불씨가 되어 누군
가에게 희망의 씨앗이 된다면 더할 나위 없
는 기쁨이다.

봄나물로 차려낸 향기 가득한 밥상처럼 언
제나 여운이 남는 시를 짓고 싶은 마음
간절하다.

가면 / 염경희

언어 소통도 안 되는데
신뢰하며 한 무대에 섰다

유리 벽 너머
형체는 볼 수 있지만
가면을 쓴 속마음은 알 수 없었고

각본 없이 선 무대에서
도리를 저버린 채
재주 부리는 것을 막지 못해
고양이를 호랑이로 키운 꼴이다

무대를 접고 가면을 벗은 얼굴엔
희비는커녕 또 다른 가면이 씌워졌다.

걸음마 / 염경희

화려한 선상에서
꿀 먹은 벙어리가 되어보고 나서야
우물 안 개구리였다는 걸 알았다

어디든지 사람 사는 곳이니
손짓발짓만 해도 소통이 될 거라는
반신반의함은 착각이었다

벙어리가 웬 말인가?
우물 안 개구리는 더욱더 싫어
남몰래 걸음마를 시작했다

낮에는 밥벌이하고
밤에는 회화 펜과
굳어버린 혀를 굴리느라 진땀만 흘리지만

강보에 싸여있던 아이가
돌잔치 해 먹으면 뛰어다니듯
때가 되면 어눌한 언어도 유창해지리라 믿는다.

곳간 열쇠 / 염경희

서산 마루터기에 서서
지나온 세월 회상해 본다

층층시하 고된 시집살이 눈물로 삼키었고
계급장이 있는 공동체의 삶은
시기와 질투, 음모와 음해에 대한
불안감을 삭이며 견뎌왔다

수십 년간 식솔들을
어르고 달래며 거머쥔 곳간 열쇠
이제는 허리춤에서 떼 내야 한다

곳간 열쇠 물려주고 나면
청춘을 빼앗긴 듯 공허할 터인데
무엇으로 채워가야 할지 막연하다

오감의 달인으로 살아온 것처럼
내 여생(餘生)의 도화지에 황혼을 스케치하며
새 곳간 열쇠 허리춤에 달아 보려 한다.

너를 사랑하는 이유 / 염경희

창살 없는 감옥살이에 지쳐 있을 때
우연히 너를 만나
망각했던 자아를 찾게 되었다

왜 살아야 했는지
여기까지 어떻게 살아왔는지
앞으로 어떤 삶을 살아야 하는지도 알게 되었다

너를 만난 후에
바람이 불러주는 노래 들으며
무심히 스쳤던 꽃마리와 열애에 빠졌다

봄 여름 가을 겨울 자연과 벗하다가
시어가 꿈틀거리는 순간 줄줄이 엮어
자식처럼 품은 그 향기를 바람에 날린다

시 곳간을 채워가는 행복과 환희는
나를 살게 하는 밑거름이 되었고
너를 사랑하는 이유가 되었다.

당신과 함께라면 / 염경희

작고 작은 몸이지만
한결같은 목소리로 세상을 돌리면서
당신은 나의 곁에 머물렀다

몸을 배배 꼬며 칭얼거려도
역정 한 번 내지 않고 함께 해 준 친구
당신은 내 삶의 매니저다

태엽만 감아 놓으면 한결같이
변화무쌍한 날에도 한목소리로
세상과 맞서라 했기에 정상에 우뚝 섰다

살아온 시간보다 살아갈 날들이 적지만
여명보다 먼저 새벽잠을 깨워 주는
당신과 함께라면 험난한 세상살이에도
굴복하지 않고 청춘처럼 살아보고 싶다.

밀주 密酒 / 염경희

노란 좁쌀밥 누룩에 버무려
술 단지에 담아 놓고 보니
끼니때면 반주를 즐기시던
아버지 생각이 납니다

이순이 안 된 연세에
하얀 베적삼 한 벌 입고
영영 돌아오지 못할 길 떠나
별이 된 지 어언 사십 년입니다

먹고살기 바쁘다는 핑계로
두루두루 살피지 못한 송구함에
눈시울이 젖습니다

지금쯤 아버지가 계신 뒷동산은
영산홍 꽃동산 이루어
아버지 마음처럼 따뜻하겠지요

맛깔스럽게 밀주가 익는 날
밀주 한 사발 올리면
너털웃음 지을 아버지 생각에
눈물이 앞을 가립니다.

보릿고개길 / 염경희

열서너 살쯤의 소녀가 부뚜막에 앉아
매콤한 연기에 눈물 콧물 흘리며
울안 터앝 호박잎 훑어
거슬거슬한 보릿겨에
풋콩 콕콕 박아 보리 개떡을 만들고 있다

화전 밭을 일구시는 울 엄마
헛헛한 속을 물로 채우실까 봐
얼기설기 찢긴 광주리 머리에 이고
산릉선 구불구불한 오솔길 지나면
머릿수건 흔들며 반기던 울 엄마가 아른거린다

옛 보릿고개길 넘어온 소녀는
배고픔의 설움이 가슴에 사무쳤기에
지금도 부뚜막을 지키며
밥 한 톨 버리지 않고 누룽지 만들어
나눔의 행복 찾아가는 안주인이 되었다.

엄마의 향기 / 염경희

연고 하나 없는 낯선 땅 밟고
사막에서 물 한 모금 찾듯이
정 부칠 곳 찾아 헤맨 세월

여러 해 꽃피고 지는 동안
아담한 보금자리 마련해
고향 못지않은 삶을 살아가고 있다

피붙이에 대한 그리움의 잔상은
점점 아련해지고
뜸해지는 발걸음에 아득해지는 향수

엄마의 젖 냄새가 그리워 찾는 곳
그 향기마저 사라지면
가슴에 묻어야 할 내 고향!

찔레꽃이 필 무렵 / 염경희

찔레꽃이 피는 오월이면
아버지의 꼴지게에는
찔레순 한 줌이 들어 있다

걸핏하면 허기진 배를
옹달샘에 앉아 달래던 시절
논두렁에서 따 온 찔레순은
아버지의 사랑이었다

쇠갈퀴가 된 손으로
껍질 벗겨 입에 넣어주면
이밥 한 그릇보다 달콤했던
그 순간을 잊지 못한다.

화전 / 염경희

어둠을 밀어낸 안개가
햇살에 숨어들면
참꽃보다 고운 어머니가 앉아 계신다

허리춤에 매달린 소쿠리에는
참꽃으로 채워 놓고
하얀 머릿수건만 휘휘 저으신다

"예야! 화전 구워 먹자."
귓가에 맴도는 목소리 좇아
고향집 부뚜막에 앉아 있다

햇살 받아 불 지펴놓고
산마루턱을 기웃거려보지만
그리운 목소리만 메아리친다.

시인 **이세복**

[잉태하는 봄 외 9편]

 # 시작 노트

사랑하는 문예대 동기 여러분 안녕하세요. 함께 하게 되어서 무척 기쁘고 감사한 시간이었습니다. 모두 같이 졸업하며 동인지를 하게 되어서 더욱더 기쁩니다.

존경하는 김락호 이사장님과 함께하신 교수님 진심으로 감사드립니다.

3월인가 했는데 벌써 6월을 맞이합니다. 나라의 비극으로 가슴 아픈 달 호국영령들에게 깊은 애도를 드립니다.

조국을 위해 희생하신 열사님들, 희생정신의 발판으로 저희가 지금의 평화를 누리고 있습니다. 선열의 피를 기억하며 시인으로 바른 정신을 키워 나가겠습니다.

함께 하실 독자님들에게 진심으로 감사드립니다. 여러분 가정에 늘 만복이 깃드시길 기도드립니다.^^ (사)창작문학예술인협의회와 대한문인협회의 무궁한 발전을 응원합니다.

94

잉태하는 봄 / 이세복

꿈을 향한 두근거리는 심장은
살랑이는 봄바람 꽃바람처럼
소녀인 양 가슴이 설렌다

대지는 꿈틀거리는 태동이 시작되었고
내 가슴에도 의지가 용솟음친다

생명을 품은 인고의 시간
아픔의 시련은 있었지만
꿈을 향한 나의 의지는 꺾이지 않았다

삶을 글로 풀어내는 글쟁이
글벗과 아름다운 동행
창공에 꿈의 연을 띄우고
맘껏 날갯짓하련다

심연의 깊은 곳에 꽃대 올리면
삶의 풍요로운 여름이
한 발짝 더 가까이 와 있을 것이다.

끊어진 금 줄 / 이세복

그 사람 풍상의 바다로 등 떠밀려 갔지만
삶은 녹록지 않아
가슴 한구석엔 채울 수 없는 외로움으로
늘 바람 같은 사나이었다

그와 주고받으며 축복 속에 언약했지만
불빛 휘청이는 밤이면 불나방처럼
술집을 찾아 헤매는 하이에나 같았으며
나누어 가진 금 줄은 보이질 않았다

날이 갈수록 인고는 검은 그림자 같았으며
비틀거리는 그를 보며 숨이 턱까지 차올랐다

함께 가지 못할 미래를 예언하듯
그에게 받은 것도 내 손목에서 끊어져 버렸다

톱니바퀴에 맞물려가는 분침과 시침처럼
거역할 수 없는 운명 같은 것
널 보며 하루가 빠르게 가는 것을
지천명을 넘고 새삼 아련하게 떠오르는
회고에 눈물 난다.

함께 가는 거야 / 이세복

복사꽃 팝콘을 터트리는 봄
꽃의 향연에 가슴이 그네를 탄다

님의 얼굴빛 미소에서 쏟아지는 멋스러움
따뜻한 차 한 잔의 여유는 날 미소 짓게 한다

돈으로 살 수 없는 벗과 이야기
돌아보니 지인들이 늘 내 곁에 있었으며
삶 소풍 즐기듯 가는 어울림
파란 하늘에 스케치하듯 하나둘 그림을 그린다

가슴 울리는 문학에서 프러포즈가 왔다
"열심히 하면 된다는 말에" 용기를 내어
어울려 가는 지금이 아름답다

詩에 대한 막연한 느낌만 있었는데
힘겨운 설움이 물밀듯 뇌리를 스치며
은유와 비유로 퇴고하는 날 보며
어느덧 삶의 파고를 글로 풀어내고 있었다

인생에 즐거움이 있다면 풍자와 해학으로
독자에게 기쁨과 대리만족을 줄 수 있는
시인과 동행이 내 인생 최고의 봄날이다.

고향 / 이세복

해 질 녘의 어머니 손국수에
가족들과 함께라면 배불렀고
문풍지 사이로 들어오는 찬바람을
부모님이 계셔서 견딜 수 있었다

늦둥이 오 남매를 두고
부모님께서는 몸이 부서지도록
쉼 없이 일하시는 모습을 늘 보고 자랐다

세월이 흐르니 부모님의 인고로
가꾸어 온 삶의 터전

고인이 되신 아버지의 그리움을 추억하며
살아온 세월을 뒤돌아보시는 어머니의 모습에
딸은 애잔한 아픔에 젖어 든다

봄이면 텃밭에 씨앗을 넣고
김매시는 어머니
어머니께서 쓸고 닦으신
고향집에 쉴 때가 햇살 가득한 봄날이다.

분홍 꽃동산 / 이세복

진달래가 소풍 나온 꽃동산은
분홍 저고리 곱게 입은 소녀 같고
아리따운 신부 같다

설한을 지나 찾아온 따스한 봄날에
빨간 옷으로 갈아입은
진달래 마중에 가슴이 설렌다

봄이 왔음을 손짓하는
너에게 반해 산기슭에 오르면
나도 봄 처녀가 된다.

장미 / 이세복

녹일 듯 뜨거운 정사
불타는 사랑 빛
감출 길 없다

임 오시는 계절이면
그대 향한 초록 마음
잇대어 깔아
꽃불 밝혀 놓는다

자화상 / 이세복

햇살이 창가를 비추는 아침
맨 처음 보는 게 거울이다
거울을 보며 때론 매일 보는 얼굴이지만
예쁠 때도 미울 때도 있는 것 같다

참 다행이라 여긴다
새까만 얼굴빛이 하얗게 돌아왔다
꿈같은 시간이 흘러
여기까지 올 수 있었으니 말이다

아픔의 시간도 많았지만
기쁘고 즐거운 시간
사랑하는 지인들이 곁에 있어
그럴 때마다 기적 같은 일이 가슴을
벅차게 했다

찢어지게 가슴앓이했던 옹이는
숯검정이 되는 날도 허다했지만
그럴 때마다 숨 한번 크게 쉬고
다시 긍정으로 웃고 일어선다

상상의 나래를 펼치는 날엔
고독을 즐기며 감성을 깨우는 때가 좋다

삶이 함께하는 날까지
자신을 다듬고
묵묵히 지키며 헤쳐 나갈 것이다.

애잔한 아픔이 / 이세복

가슴을 찌르던 칼바람에
속으로 피 흘리던 모진 세월
편견에 설움 앞에서
어머니라는 이름으로 지켜온 자존심

그러시던 어머니께서
거울을 보시며 한숨지으셨고
얼기설기 깊은 이랑이 낯설어
시름에 잠기신다

세월의 덧없음을 아셨는지
하루가 다르게 찾아오는 낯선 시간

"이젠 모든 게 틀려 버렸다." 하시며
풀이 꺾이신 듯한 어머니

얼굴엔 소금꽃을 피우며
인생 고행을 넘던 고갯길은
험난했기에 분칠은 남의 이야기였다

하지만 나이가 들어도
어머니께서는 여자셨던 걸
자식은 몰랐다

내음이 싫다고만 하시는 속마음을
관광을 가신다며 염색을 해 달라고
하신다

어머닐 보며 애증과 사랑이
시들어버린 꽃처럼 애잔함이 서럽다.

카멜레온 / 이세복

녹음 짙은 무성한 나무처럼
그늘을 내준 벗이었건만
어느 날부터 미소마저 시들하다

바람 불면 가지가 꺾여
갈색빛으로 나뒹구는 공허인 양
빛바랜 우정만이 맴도는
마른하늘 날벼락일까

양심 져버린 야누스가 되어
이기심만이 희끗희끗하여
수많은 추억을 지우려니
푸른 하늘빛이
금세 뿌옇게 물든다

세파에 흔들려도
변신의 마술사 카멜레온보다는
변치 않을 은은한 인연의 향기가
지긋했으면 좋겠다.

공허한 가슴 / 이세복

화단에 수많은 꽃이 있지만
풍요 속에 빈곤처럼
늘 가슴은 공허하다

부모님이 물려주신 넓은 집
어려웠던 시절을 추억하며
틈틈이 심었던 꽃들이 피어날 때
꽃 멍을 때리는 가슴이 두근거린다

아름다운 꽃들이 미소 짓는 집에서
꽃 대궐에 젖어 드는 시간은
영혼의 휴식 같은 안식처가 되어
공허한 마음을 달래준다.

시인 **이영조**

삶의 여백 외 9편

시작 노트
국어국문학을 전공하면서 시를 접하게
되고 대한창작문예대학에 입학하여 시
에 대한 공부를 더 깊이 있게 이해하
게 되었다
하지만 시란 여전히 어려운 문학으로
동료들과 많은 피드백을 하면서 시의
주제가 나오면 열심히 쓰다 보니 동인
지에 제 작품을 소개하게 되었습니다.
못난 작품이지만 많은 사랑 부탁합니
다.

105

삶의 여백 / 이영조

눈보라 속 같은 날들을 헤치며 살던
지친 모습을 뒤돌아본다.

자연에 순응하듯
어느새 흰머리이고

황혼에 접어든 지금은
고통마저 추억이 된 삶

인생에 진 빚
아름다운 사랑으로 보듬어
행복이라는 여백으로 넉넉히 채운다.

보릿고개 / 이영조

6·25전쟁 후 궁핍하여
여물지 않은 풋보리 멀건 죽으로
끼니를 때우던 보릿고개가 있었다.

학교에서 주던 강냉이떡과 우유로
배를 채우던 그 시절에는
인정 많고 사이좋게 지냈다.

강냉이떡을 나누어 먹으면서
집으로 돌아오는 날은
아이들 웃음소리가 터졌다.

그 옛날 보릿고개를 넘으며
들길에서 오빠 생각을 노래하던
정든 친구들이 보고 싶다.

엄마의 삶 / 이영조

엄마는 당신의 목소리를
한 번도 내뱉지 못하고 살았다

시부모의 꼭두각시로
삼키고 또 삼키고
당신의 행복은 어디에도 없이
가슴 조이며 한평생을 살다
화병이란 병을 가슴에 묻었다

깊어지는 아픈 만큼
자식들 사랑하는 마음만
간절하게 가슴에 안고
당신은 어디에도 없는 삶을 살다 간 울 엄마

엄마의 사랑으로 활짝 피어난 꽃
5월이 되면 더욱 그리워지는 당신입니다.

미나리 / 이영조

시궁창 웅덩이 속에서
모진 바람과 얼음 위에
추운 겨울 밀쳐낸 미나리가
초록 옷 하얀 꽃잎으로
봄을 불러낸다.

상큼한 향기 품은
새콤달콤 봄나물이
가족 사랑 온기를 선사하여
웃음꽃 마주하던 식탁이
그리운 봄이다.

미세먼지 / 이영조

내 삶 속에 희뿌연 먼지는
거친 세월과 함께
긴 인생에 자리 잡았다

내가 살아 가는 길목에
화사한 꽃처럼 봄으로 찾아와야 할
따사로운 햇볕은 심술 궂은
불청객 앞에서 나를 외면했다

내 삶을 가로막던
황사가 떠나던 날
창밖에는 미세먼지를 걷어내는
봄비 소리가 요란하다.

당산나무 / 이영조

고향의 전설을 간직하고
꽃 댕기로 띠 두른
동네의 수호신이 되어준 당산나무는

눈보라와 찬 서리 맞으면서
마을의 구심점이 되어 주었고

돌로 된 재단에는 사람들의 기도로
간절함을 빌며 희망을 주기도 했다

어린 시절 놀이터가 되어 주었고
마을의 역사를 간직한 멋진 당산나무는
세월과 함께 베어지고
정겹던 고향 풍경이 그립다.

아버지의 여운 / 이영조

아버지는 아프다는
소식을 듣고 한달음에 오셨다
시집보내고 처음 찾은 딸네 집이다

먹지 못하는 딸을 보고
주전자에 따끈한 설렁탕을
한 주전자 사 오셨다

따뜻한 국물이 마음까지
따뜻해져 오는 아버지의 온기다

딸 걱정에 한숨 지던 아버지의 사랑

세월이 흘러도 주전자는
변하지 않고 아직도 그 자리에서
아버지의 흔적을 지우지 못하고 있다.

참꽃 / 이영조

꽃샘추위 속에서도
곱게 피어나는 너를 찾아
뒷산에 올랐다

겨울을 뚫고 피어
봄맞이하는 너는
부드럽고 예쁜 분홍색으로
자태를 뽐낸다

꽃잎 하나 맛을 보면
향기롭고 달콤하던 맛이
입안 가득 행복을 선물한다

봄을 한 아름 따다 주던 오빠는
세월을 못 이겨 볼 수는 없지만
참꽃 따다 주던 오빠가 그리운 봄이다.

인연의 길 / 이영조

긴 인생길에 편안한
인연을 만나고 싶다

힘들 때 어깨를 서로 내어주며
차 한 잔 나눌 수 있는
마음 넉넉한 동행자를 만나고 싶다

내 가슴과 그대 가슴 맞대고
위로하고 위로받는 그런 사람
삶이 지칠 때 괴로움과 즐거움을
나눌 수 있는 사람을 만나고 싶다

상대의 허물을 감싸주고 토닥여 줄
기쁨과 슬픔을 함께할 그런 사람
봄 햇살처럼 따사로운
사람을 만나고 싶다.

도전 / 이영조

꿈이란 게 있었던가
이루지 못한 꿈을 위해
내 길이 아닌 길을 헤매던 시절

바람 앞의 등불 같은
거친 삶의 질곡에서
내일의 행복 찾아 나서는 길

여기가 꽃길인가
저기가 가시밭길인가

파란 하늘 아래 따스한 햇살과
메마른 땅에 봄비를 기다리듯

내 꿈을 향하여
도전하는 마음이 멈추지 않는다

행복이 저만치서
손에 잡힐 듯이 손짓한다

시인 이현자

[포기와 도전의 순간들 외 9편]

시작 노트

신록이 꽃들의 향연이 함께 어우러진 계절에 시인의 감성을 채워주고 미래에 멈추지 않고 더욱 비상하기 위해 혼을 불태웠던 날들...

함께하신 문예대학 12기 동기분들과 멋진 열공의 시간이었습니다

지도 교수님들께 무한한 감사드립니다

독자들과 함께 공감하고 소통하는 시인으로 살고 싶습니다

포기와 도전의 순간들 / 이현자

따스한 햇볕이 나목 사이로
스며드는 날
한때 마음의 빗장을 걸고 움츠렸던
시간 속을 걸어본다

빈 지게 짊어진 제로 인생 영업사원 시절
곧게 푸르게 자란 소나무처럼
가정 지킴이 낙락장송 되고 싶은 의지와는 달리
현실과의 괴리감에
포기하고 싶다고 뼛속까지 각인되던 때

나목에 걸친 새 둥지가 겨울이면 더욱 또렷하게
자태를 드러내듯
포기는 배추 포기 셀 때만
그 말은 나를 살리고 도전을 잉태했다

언제나 도전의 길목에서
무너지지도 쓰러지지도 않을 오뚝이 근성
오늘도 거울을 보면서
넌 멋져 최고야
포기와 도전 안에서의 성장을 자축해 본다.

아름다운 동행 / 이현자

내 마음 노 저어 나아가면
서풍이 불어오는 날
먼발치에서 바라보는 보고픈
인꽃은 자식 꽃이다

가장이 아픈 잔해들로 서리가 내리고
삶의 무게가 버거울 때
문설주에 기대어 서성거릴 때에도
인꽃은 오롯한 버팀목이었다

계절 지나 세월 가듯이
힘겨운 일들은 시나브로 지나가고
자식과 함께여서 든든하더라
인꽃은 동반의 등불이다.

고향 산천 / 이현자

햇살이 곡선으로 흐르는 날
마음의 결을 따라
고향으로 내달려
동심의 창가에 머문다

안개비 내리는 산기슭에
고사리 아기 주먹 꼭 쥐고
가슴을 에는 듯 구슬프게
불렀던 연가 그립다

계절의 노을은 발갛게 타올라
작약꽃을 피우건만
불러도 대답 없는
수줍음을 잘 타던 동심들은
고향 산천을 맴돌고 있다.

다시 사랑한다면 / 이현자

꽃잎이 비처럼 쏟아지고
가로등 불빛의 빗방울 수만큼
그리움으로 둥지 트는
너를 다시 사랑한다면

당신은 나에게
나는 당신에게
길들여져

우리는 먼 길을
서로에게 스며들어
물들며 살고 싶다.

계절이 오면 / 이현자

영롱한 아침 이슬 머금은
장미의 향기

핏빛 진한 그리움 애틋함
가시 끝에 매달려
가는 발길 멈추게 한다.

먼지 되어 / 이현자

먼지가 많은 봄날
당신 생각나
그리움에 젖는다

먼지로 가득한 날
생각이 많아지면
길을 걷는다

먼지 때문인가
두 눈 속에 눈물이 묻어 나온다

당신은 내 안에
먼지 되어 끝도 없이
그리움으로 쌓여 간다.

쉼의 공간 / 이현자

가던 길 멈추고
내리는 빗방울 벗 삼아
여백이 있는 봄날에
일렁이는 마음 한 자락 펼쳐본다

봄비 한 줄기에 보낸 연서로
설렘 떨림을 낮달에 숨겨두고
서툴고 뭉툭한 가슴 들킬까
애타는 마음 먼저 와 기다린다

쉼의 공간에서
솔솔 흐르는 향기 담아
애타는 마음 차 한 잔의 여유로
녹여본다.

자아 바라기 / 이현자

차창 밖 너머
초록을 이룬 보리밭 바라보며
한 여인의 잔상 그려본다

거울 속 노년에 가까운 중년이
삶은 괜찮았냐고 묻는다

세상의 시린 바람 맞으며
긴 여정의 먹빛 상흔 터널 지나
봄바람에 못다 피운 꽃망울처럼
남은 희망에 질주해 보려 한다.

아버지의 그리움 / 이현자

나이 탓일까
멀어져 간 세월 속에
잊히고 지워졌던
지난날 추억을 떠올려 봅니다

해 질 녘 강가에 서면
굴곡진 세상사에 흐트러짐 없이
내 인생에 길잡이가 되어 주신
당신이 몹시도 그립습니다

오늘도 나는 빛바랜 앨범 속에서
소중한 사진 한 장 끌어안고
눈물 한 방울에 그리움을 헹굽니다.

시어의 결핍 / 이현자

한 줄도 써 내려갈 수 없는
너를 찾아 헤맨다

발갛게 상기된 가슴
숙명처럼 다가오는 시간의 결핍으로
살아오면서 맞는 회고의 아침은 침묵한다

내가 찾는 너는
엇갈린 길목에 나부끼는 바람 맞으며
언제까지 서성거려야
완성으로 채워질지 기다림 한다.

시인 **임현옥**

[조건 없는 동행 외 9편]

시작 노트
시작이라는 단어를 접하면서 참 어깨가 무겁기만 했습니다

한 번 두 번 허물을 벗고 나니 날개가 생겼습니다
아직은 젖은 날개이지만 열심히 날갯짓하다 보면 저도 창공을 날 수 있으리라 생각합니다
교수님들 모두 감사했습니다.

조건 없는 동행 / 임현옥

넓은 창문엔 밤이 여물고
문틈 사이로 스며드는 바람이 차다

아직 봄은 멀리 있는데
새싹의 잉태는 촉박하게 다가와
고통의 늪에서 허덕이다 세상의 빛을 갈랐다

하늘이 내게 준 소중한 선물
사랑으로 빈자리 채우고
잃어버린 미소 다시 찾았다

영원한 동행은 될 수 없어도
행복한 외사랑 가슴에 담고
조건 없는 길을 걷는다.

고목에 핀 도전 / 임현옥

다시 태어나면
맏이로 태어나지 않겠다

다섯 동생과 삶은 버겁기만 했고
허기진 가슴에 굶주림을 채워야 했기에
문학의 꿈을 접어야만 했다

하루하루 쫓기듯 살아온 시간이
바람처럼 지나고 헐렁해진 세월은
육십 년 고목에 문학 꽃으로 피어났다

홀연히 사라졌던 꿈
석양빛 노을에 기대어 한 가닥 희망을 잡고
다시
도전 속에 보물을 찾는다.

어머니 시계 / 임현옥

똑딱똑딱 새벽을 알리는 시계 소리
희미한 여명이 밝아오면 힘차게
하루를 열어 생활전선으로 향한다

올망졸망 매달린 여섯 무게
오롯이 가슴에 안고
세월의 희로애락 슬기롭게 넘으셨다

어슴푸레 땅거미 어깨로 내리면
빛바랜 달 하나 머리에 이고
구십 년 달려온 주름진 세상
길 잃고 헤매다 소리 없이 멈춰 선 어머니 시계

분홍빛 우정 / 임현옥

앙상한 가지에 분홍 옷 갈아입고
하얀 설산에 봄마중 왔다

어릴 적 입가에 물들였던
달콤한 간식거리 참꽃
뒷동산 놀이터엔 해마다
진달래 변함없는데

어느새 세월 앞에서
석양을 바라보는 나이가 되었나
하얀 서리 머리에 이고
인생 다리 의지하며
추억을 그리는 분홍빛 우정

친구야 내 친구야
진달래꽃 한입 물던
개구진 그때 그 모습
다시 한번 보고 싶다.

빨래터의 추억 / 임현옥

함지박에 빨랫거리 수북이 담아
똬리 얹어 머리에 이고
어머니 치맛자락 붙잡고 따라나섰다.

한강으로 흘러가던 빨래터는
남한산성에서 몽촌 토성을 지났다
어른 키만큼이나 깊었고
방망이 두들기던 소리가
너른 들판으로 퍼져갈 때
아주머니들의 수다도 무르익었다

이글거리는 태양이
가시처럼 따갑게 쏟아져 내리면
물속으로 몸 던져 더위도 쫓았다

저녁 해 서산으로 기울이면
하얗게 벗겨 풀 위에 널어놓은 옥양목
주섬주섬 걷어
집으로 돌아오던 논둑길

지금은 그 자리 간데없지만
어릴 적 추억을 키웠던
내 고향 방이동이 그립다.

초점의 미학 / 임현옥

새벽바람 가르며 달리는
봄날은 꽤 쌀쌀했다
아직은 보내긴 아쉬운 계절
가녀린 어깨 위로 세월이 흐른다

그녀는
초대받은 꽃들의 향연에 참석하려
허기진 가방을 채우고
잠자던 영혼까지도 흔들어 깨운다

한곳을 향해 몰두한다는 것은
자신을 잊어 좋다
들꽃에 빠진 무아지경의 늪은
목마른 옹달샘이고
카메라의 초점은 기다림의 미학이다

외로운 겁쟁이 / 임현옥

구석진 탁자에 앉아
엇나간 인고의 퍼즐을 맞추며
구겨진 인생을 만지작거리는
밤이 짙어간다

외로움에 찌든 지난 일들이
미로의 길을 빠져나온 듯
나를 뒤돌아보게 한다

육 남매의 맏이는
아직도 지워지지 않은 외로움의 무대
칠십이 가까운 나이에도
그곳을 내려오지 못하는
나는 겁쟁이

외로움은 떼어놓을 수 없는
내 인생의 분신 같은 동반자인가 보다

아버님의 지게 / 임현옥

동네 어귀 샘터
새색시 어설픈 물질에
옷고름 담금질하고
서산에 걸린 석양빛에
새색시 얼굴도 붉게 물들어간다

뽀득뽀득 흰쌀 씻어
가마솥에 안치고 불 지피면
굴뚝 연기 하얗게 피어오를 때
싸리문 여닫는 소리

행주치마에 바람 달고 뛰어나가면
울 아버지 작은 어깨엔
불쏘시개 덤불이 산을 이뤘다

어둠이 깔린 창문 사이로
아버지 헛기침 소리 들려오면
방마다 하나둘 하루가 저문다.

가난한 봄 / 임현옥

봄이 오는 길목에서
매섭게 뿌리치며 돌아서는
너의 차가운 뒷모습을 보았다

놓쳐버린 너를 간절하게 부르다
갈증에 목이 말라
잡을 수 없었던 마음의 빈곤
두고 간 추억마저 가난해
빈 가슴만 쓸어야 했었다

이제
화살처럼 달려들었던
가난의 파편들을 털어버리고
마음의 부자로
지금 난 봄을 걷고 있다

결혼기념일 / 임현옥

차창 사이로 들어오는 바람이
차갑게 느껴지던 삼월
이유도 모른 채 그대를 따라나섰다

갯벌이 사라진 익숙한 바닷가에는
햇살이 그려놓은 듯한 윤슬이
수평선 위에서 반짝이고 있었다

훈훈한 가슴 내어 주며
따뜻하게 손잡아 주고
말없이 걷던 그날의 바닷가에는
배 한 척이 추억을 실어 나른다

듬직한 어깨 위에 내렸던
수척하고 앙상한 가지에
봄이 움트는 삼월이 오면
그대가 두고 간 그날의 기억을
지금도 잊을 수가 없다

시인 **정연석**

[젊음을 그리워하며 외 9편]

시작 노트

공무원 정년퇴직 후 이순(耳順)의 나이에 시작한 시인의 길은 결코 쉽지 않았습니다. 잘 쓴 시라고 생각해도 독자들로부터 좋은 평가보다는 너무 평범하다는 반응이 많았습니다.
문예대학(12기)에 입학한 동기도 자유분방한 시(詩)보다는 좀 더 격식과 운율을 갖춘 시를 쓰고 싶은 이유였던 것 같습니다.
문예대학을 졸업했다고 시 창작 실력이 엄청나게 달라진 것은 아닙니다. 그동안 학습한 내용과 기법을 활용하여 좀 더 세련된 시를 쓰려고 노력하겠습니다.
그동안 지도해 주신 김락호 이사장님을 비롯한 여러 교수님께 감사를 드립니다.

젊음을 그리워하며 / 정연석

거울을 바라보니
얼굴에 세월의 흔적이 남아
노년의 모습으로 비친다

지나간 시간을 더듬어
과거로 추억여행을 떠나고
중년의 모습을 마주한다

이마에 주름도 없는
의욕과 패기가 넘치던 모습이
황금 시절이었나 보다

핸드폰에서 최근 사진을 찾아
밭고랑 같은 주름을 지우고
피부 색깔을 밝게 보정해 본다

눈을 의심할 정도로 달라진
젊은 중년의 모습을 만나고
잠시나마 방긋이 미소를 짓는다

거울 속의 모습을 바라보며
꿈과 희망이 넘치던 중년 시절을
그리워하는 마음이 아리다.

오월을 기다리며 / 정연석

오월이 오면
산과 들은 신록의 수채화
향긋한 풀 내음
청춘 같은 푸르름이 좋다

청보리밭 길을 걸으면
옛 추억이 생각나고
시냇물 재잘대는 냇가에서
근심을 씻어 마음을 비운다

붉은 장미는
청춘의 마음을 흔들고
라일락 향기는
잠자던 사랑을 흔들어 깨운다

시원한 바람과 파란 하늘
꿈과 희망과 사랑이 춤추는
아름다운 오월 참 좋다.

사랑의 추억 / 정연석

벚꽃이 곱게 피는 봄이 오면
당신과 함께했던 순간들이
영화의 한 장면처럼 선명해집니다

함께 있으면 행복하였고
헤어짐을 두려워했음은
아마도 사랑이었나 봅니다

이별의 아픔을 참으며
많은 시간이 흐른 지금도
알 수 없는 그리움이
마음을 아리게 합니다

흔적조차 지우려 애를 쓸수록
가슴을 아프게 하는 응어리는
당신과 함께했던 사랑의 불씨가
아직도 남아있기 때문입니다.

봄이 오는 길목에서 / 정연석

산골짝엔 바람이 잦아들고
얼음 밑 물소리 도란도란
어느새 봄이 왔나 보다

그 누구를 만나고 싶은 걸까
꽃샘추위도 이겨내고
나뭇잎이 피기도 전에
활짝 핀 진달래꽃 아름다워라

엷은 입술이 파래지도록
여린 꽃잎 따먹던 친구들은
지금은 어디에서 무엇을 할까

화전(花煎)을 안주 삼아
막걸리를 나누어 마시던
고향 친구들이 그리워진다.

※ 화전(花煎) : 진달래꽃과 밀가루를 섞어서 만든 전(부치기)

커피 한잔의 행복 / 정연석

30분 일찍 출근하여
따뜻한 커피 한잔 들고
휴게실 창가에 앉는다

커피 향이 후각을 깨우고
서둘러 한 모금 마시면
마음이 차분하고 편안해진다

동료들이 모여들고
소곤소곤 정다운 대화가
휴게실을 가득 채운다

커피는 혼자 마실 때보다
정담을 나누면서 마시면
커피 향에 온정이 더해져 좋다

아침 시간 몇 분 소중하지만
조금만 서둘러 여유도 얻고
모닝커피로 하루를 열고 있다.

불청객의 짝사랑 / 정연석

미세한 모래바람이
황색 장막을 내리니
아름답던 파란 하늘
평화롭던 푸른 들판이
암흑 속에 묻혀버린다

마스크를 쓴다 해도
눈을 가릴 수 없으니
미움이 커져만 가고
저항할 힘도 없으니
인내로 침묵할 뿐이다

바람이 불어오는 것을
불평할 일은 아니지만
싫어하는 줄도 모르고
끈질기게 다가와 추근대니
무모한 짝사랑 참 얄밉다.

사랑하는 가족과 함께 / 정연석

가족이라는 이름으로
평생 반려자를 만나
오붓한 가정을 이루고

어려운 일이 있을 때
서로가 버팀목이 되어
세월의 강을 넘는다

부모님이 물려주신
가족 열차에 탑승하여
서로가 힘을 보태니

무거운 짐 나눌 수 있고
지혜를 모을 수 있으니
함께하는 동행 길 행복하다

사소한 갈등으로 틀어져
열차에서 내리려 한다면
사랑으로 감싸 안으며

역할이 끝나는 날까지
안전하게 달려가고 싶다.

10분 빠른 시계 / 정연석

식탁 맞은편 벽에
10분 빠른 시계가
멋쩍게 걸려있습니다

서투른 신혼살림에
아침 시간이 부족하면
애꿎은 시계를 원망했습니다

강제로 시간을 앞당겨
시계는 상처를 받았겠지만
금쪽같은 10분 여유가 생겼습니다

많은 시간이 흐르고
아침에 서두를 이유도 없어졌지만
여유로움에 익숙해서인지
시계는 아직도 10분이 빠릅니다.

냉장고 / 정연석

가정마다 주방 냉장고에는
주인이 좋아하는 먹거리가
먹을 순서도 없이 채워진다

식재료는 냉동실에서
음식물은 냉장실에서
자기 집처럼 살림을 차렸다

음식이 많이 채워질수록
신선도를 담당하는 냉장고는
편하게 쉴 틈도 없이 바쁘다

음식문화가 다양화되고
음식물 보관 기간도 달라서
냉장고는 자못 혼란스럽다

음식 쓰레기로 채워지는 냉장고
지나친 음식 욕심을 버리고
적절한 음식 소비가 필요하다.

영원한 빈자리 / 정연석

애달픈 이별 어느덧 10년 세월
아버님의 빈자리가 휑합니다

뜻밖의 사고로
응급실에서 100일간 사투에
온 가족은 가슴이 뭉그러졌습니다

어머니는 아버님의 소천을
아직도 믿지 못하시는 듯
가끔 정신을 놓으십니다

저의 가슴도 쓰리도록 아픈데
어머니 마음을 달래드리려니
눈물이 폭포를 이룹니다

채울 수 없는 아버님의 빈자리
오늘도 진한 그리움에
눈시울이 뜨거워집니다.

시인 **황영칠**

[두려워하지 말라 외 9편]

시작 노트
한 남자는 시인이 되고 싶었다
긴 사다리를 타고 올라 별을 따고 보니 가장
밝고 아름다운 별을 따고 싶었다

시인은 다시 길고 휘청거리는 사다리를
타고 안간힘을 다해 오르는 중이다.

두려워하지 말라 / 황영칠

승리의 깃발을 꽂기 위해 도전의 길을 나선다

발자국마다 두려움을 내려놓고
두려움을 밟고 첫 고개를 넘는다

돌다리를 두드리며 길을 다지고
고난의 상처를 가슴으로 치유하면
두 번째 고개 위에서 희망을 본다

실패에 항복을 거부하면
실패는 도전의 지팡이가 된다

지친 나를 안아주고
작은 불씨에 열정을 쏟으면
정상의 끝자락에 꽃길이 보인다

도전으로 쟁취한 꽃밭에서
승리의 깃발을 꽂는 것은
도전이 준 달콤한 열매다.

아내와 동행하는 이유 / 황영철

한 송이 꽃으로 피어난 당신 앞에
나는 바람이 되어 꽃동산을 맴돌았고
십 년을 거듭 피어난 당신은 들꽃이 되었습니다

사랑으로 빚어낸 꽃봉오리 들쳐업고 걸어온 길에
눈물이야 어찌 감출 수 있었겠습니까

파도가 밀려오는 삶의 언저리에서
당신은 가슴으로 들꽃을 피워냈고
꽃향기를 전하는 바람은 나눔의 천사가 되고 싶었습니다

선물처럼 밀려온 또 다른 세월은
나뭇가지 물어다가 꽃 둥지 틀어놓고
꽃향기 마시며 행복 열매도 맺었습니다

사십 년을 산책하며 걸어온 꽃과 바람은
인동초 길에 모진 상처를 가슴에 보듬고
치유의 들길을 나섭니다

한세월을 걸어갈 당신과 나는
서리맞은 꽃과 나목이 되어
눈가에 맺힌 이슬을 닦아줍니다

남은 소풍 길도 당신과 함께할 구실을 찾지 못해
생각하는 사람이 되어
함께 갈 석양길을 바라봅니다.

시곗바늘 사랑 / 황영칠

당신은 짧은 시침으로 맴돌았고
나는 키 큰 분침이 되어 당신과 사랑을 맺었습니다

우리가 가는 길은 멈출 수 없는 운명이기에
만남보다 긴 이별의 아픔을 곱씹어 삼킵니다

달콤한 만남을 맛보기도 전에
이별의 긴 터널에서 아파해야 하는 운명은
누구의 잔인한 저주입니까

눈빛만 스치는 순간의 만남은
차라리 이별보다 더 아픈 고통인 것을

잠시도 쉬지 않고 맴돌아야 하는 운명은
그리움을 마시는 독배입니다

재회의 순간을 기다리는 외로움 때문에
순간의 만남이 두려운 슬픈 운명은
시곗바늘의 안타까운 사랑입니다.

붉게 피던 진달래꽃 / 황영칠

햇살 가루 쏟아지던 봄날
쑥 보따리 이고 넘던 어머니의 고갯길
그해도 진달래는 붉게 타오르고 있었습니다

개나리 노란 입술이 봄노래 부를 때면
냇물이 그려놓은 앞산 물그림자가
각시방 횟보처럼 분홍빛으로 물들었습니다

해 질 무렵 하굣길
진달래꽃으로 빈 배 채운 빡빡머리 막내
파랗게 물든 입술로 불러 쌓던 어메 메아리는
소쩍새 울음처럼 슬펐습니다

진달래 꽃아주던 다정한 누나
낯선 남자 따라 시집가던 고갯길
그해 봄이 흘린 눈물은 유난히도 붉었습니다

멀건 보릿겨 죽으로 허기 달래고
일곱 식구 쑥 뜯어 넘던 보릿고개길
그해는 유난히도 진달래만 풍년이었습니다

백발이 된 소년이 불러 쌓는 고향의 봄 노래는
올해도 진달래 꽃잎 되어 붉게 피어납니다.

그리운 고향 / 황영칠

복숭아꽃 발그레 물들인 고갯길에
일곱 색깔 무지개 곱게 피워놓고
사랑 노래 불러주던 보고 싶은 얼굴

은하수 잔잔히 흐르는 밤에
솔가지 옹이로 모닥불 피워놓고
별을 따는 긴 장대 안겨주던 임

고운 손 뿌리치고 살아온 세월
당신이 사무치게 그리운 날이면
그대 가슴에 얼굴을 묻고
행복한 꿈을 꾸고 싶습니다

바람만 불어도 그리운 얼굴
진달래꽃 물드는 춘삼월이 오면
마음은 고향으로 달려갑니다

인생길 곱게 물들여 놓고
당신 품에 안기어 사랑 노래
다시 한번 불러보고 싶습니다.

석촌호수 벗순이 / 황영칠

벗꽃잎 부여잡고 밤새 내린 빗물은
벗순이의 한 맺힌 이별 눈물이었고

새벽이슬 몰고 온 찬바람은
사랑만 두고 간 당신의 한숨입니다

붉은 물감 풀어놓은 철쭉꽃 물 그림은
당신을 그리는 붉은 가슴이며

시간이 흐를수록 붉어지는 철쭉은
당신이 남겨둔 아픈 상처입니다

밤새 들려주는 시인들의 노래는
당신이 들려주던 사랑 노래요

시인이 그려놓은 슬픈 꽃잎은
오솔길 돌아간 당신의 치맛자락입니다.

*벗순이: 벗꽃

155

구슬 꿰기 / 황영칠

흩어진 구슬 굴리며
오색실에 곱게 꿰려고 애쓰는
노인의 정성이 안쓰럽다

떨리는 손으로
실패의 쓴잔을 마시면서도
좌절하지 않는 노인의 끈기가 장하다

조화로운 미의 선율 따라
정성 들여 꿴 구슬을 감상하며
눈가에 흐르는 미소가 곱다

침침한 눈 비벼가며
고운 말 곱게 꿰어 시가 되는
인고의 붓끝 시향이 사랑옵다.

어머님은 사랑입니다 / 황영칠

어머님
당신은 나지막이 부르기만 해도
가슴 저린 아픔입니다

쑥 보따리 머리에 이고
보릿고개길 숨차게 넘으시던
당신은 끈질긴 인동덩굴이었습니다

6·25 난리 통에 청춘과부가 되어
눈물마저 메말라 여린 나목이었던 당신은
엄동설한에는 따뜻한 이불이었고
눈비에는 넓은 우산이었으며
어둠에는 밝은 등불이었습니다

영원히 지지 않는 한 송이 꽃
가슴은 포근한 솜이불
큰 나무인 듯 바위인 듯
따뜻한 손길 내미시던 어머님
당신은 영원한 사랑입니다.

외로운 것이 더 아름답다 / 황영칠

꽃밭에 무리 지어 핀 꽃보다
홀로 핀 들꽃이 고운 것은
농부들이 비워준 넉넉한 마음 때문입니다

쏟아지는 은하수 별빛보다
외로운 샛별이 빛나는 것은
가슴을 열어준 넓은 하늘 때문입니다

출근길 뭇사람들의 물결보다
외로이 들길 나선 노부부가 아름다운 것은
들판이 내어준 넓은 가슴 때문입니다

석양이 붉게 물든 창가에 홀로 앉아
마음 한쪽 비워둔 까닭은
구겨진 마음 펼쳐놓기 위함입니다.

내 안의 두 마음 / 황영칠

나는 나 혼자가 아니고
내 안에 또 다른 내가 있다

나는 개미와 베짱이를
품고 산다

절약과 낭비
선과 악
사랑과 미움도
내가 품고 사는 두 마음이다

두 마음은 서로 미워하고 질투하며
땅을 넓히려고 서로 밀어내려
휴전 없는 전쟁 중이다

지금 이 순간에도 쉼 없이
두 마음은 편을 나누어
싸우고 있다.

(사)창작문학예술인협의회 주관
대한창작문예대학 졸업 작품집

2024년 6월 17일 초판 1쇄
2024년 6월 19일 발행
지 은 이 : 김용호 박미옥 박춘숙 배정숙 서석노 신진기 신진철
　　　　　　염경희 이세복 이영조 이현자 임현옥 정연석 황영칠
엮 은 이 : 김락호
편집위원 : 박영애
디자인 편집 : 이은희
기 획 : 시사랑음악사랑
연 락 처 : 1899-1341
홈페이지 주소 : www.poemmusic.net
E-Mail : poemarts@hanmail.net

정가 : 15,000원
ISBN : 979-11-6284-531-8